Harry Potter

필 / 름 / 볼 / 트

VOLUME 9

Harry Potter™

필 / 름 / 볼 / 트

VOLUME 9

고블린, 집요정, 어둠의 생명체

조디 리벤슨 지음 ㅣ 고정아, 강동혁 옮김

문학수첩

들어가며

해리 포터는 자신이 마법사이며 궁극적으로 어둠의 왕인 볼드모트를 물리칠 사람일 수도 있다는 사실을 알게 되면서 그를 도우려는 마법사들과 그를 막으려는 마법사들을 만난다. 해리에게 힘을 보태주거나, 볼드모트가 마법사 사회에 대해 절대적인 권력을 차지하지 못하게 하려는 해리의 노력을 가로막는 마법 생명체들도 만난다.

제작자 데이비드 헤이먼은 말한다. "〈해리 포터〉 영화에는 전에 한 번도 본 적 없는 생명체들이 등장합니다. 이런 생명체들은 해리가 자신을 증명하기 위해 극복해야 하는 장애물이죠." 해리(대니얼 래드클리프)가 〈해리 포터와 비밀의 방〉에서 맞서 싸우는 바실리스크는 천 년 동안 목격된 적 없는 전설의 생명체로, 해리는 바실리스크 자체는 물론 전설과도 맞서 싸워야 한다. 〈해리 포터와 혼혈 왕자〉에서 해리는 인페리우스를 마주한다. 인페리우스란, 볼드모트가 자신의 영혼 조각을 담고 있는 호크룩스 중 하나를 지키기 위해 되살려 낸 시체들이다. 인페리우스는 위협적인 동시에 연민을 불러일으키는데, 스스로의 선택과는 상관없이 어둠의 생명체가 됐기 때문이다.

볼드모트와 그의 추종자들은 눈을 마주치는 것만으로도 살아 있는 모든 생명체를 죽일 수 있는 12미터 길이의 뱀 바실리스크나 검은 색 장막 같은 것을 걸치고 특유의 '입맞춤'으로 영혼을 빨아내는 디멘터 등, 해리의 앞길에 또 다른 어둠의 생명체들을 배치한다. 해리는 이들 모두를 물리칠 방법을 배운다.

무서운 생명체가 전부 어둠의 생명체인 것은 아니다. 그저 덩치만 클 뿐 멍청한 생명체도 있다. 〈해리 포터와 마법사의 돌〉에서 해리, 헤르미온느, 론은 산트롤을 물리쳐야 한다. 하지만 그러려면 먼저 그들이 갖고 있는 두려움을 극복해야 한다. 트롤을 물리치면서 그들은 처음으로 승리를 맛본다. 덩치는 크지만 순진하고 서툰 생명체들도 있다. 〈해리 포터와 불사조 기사단〉에서 해리, 헤르미온느, 론은 어린 거인 그룹을 만난다. 그는 혼혈 거인인 해그리드와 어머니가 같은 이부형제다. 에마 왓슨(헤르미온느)은 말한다. "해리와 론은 그룹이 지저분하고 서툴다고 생각해요. 하지만 헤르미온느한테 그룹은 그저 강아지처럼 귀여운 눈을 가진, 덩치 큰 어린애예요. 헤르미온느가 보기에는 그룹에게 무척 사랑스러운 점이 있는 거죠." 그룹도 헤르미온느 앞에서만은 순해진다. 그룹은 헤르미온느를 들어 올리지만, 헤르미온느는 누가 이 관계에서 우위에 있는지 보여주고 그룹에게 자신을 내려놓게 한다. 에마는 덧붙인다. "그룹은 특수효과로 만들어진 존재

일지 모르지만 어떤 면에서는 정말 현실적이에요."

해리가 호그와트에 다니는 동안 마주치는 생명체들은 가끔 소중한 동맹이 되어준다. 처음 만나고 몇 년이 지난 뒤 이들은 해리의 친절함과 그가 보여준 존중을 기억한다. 이들은 해리의 곁에서 싸우는, 친절하고 의리 있는 생명체다. 그중에는 선한 의도를 가지고 있는 집요정 도비가 포함되는데, 그는 여느 마법사만큼이나 용맹한 전사였다. 〈비밀의 방〉에서 처음 모습을 드러낸 도비는 노동자들의 세계에 속해 있다. 이 세계에서 집요정들은 평생 한 가문을 섬긴다(옷을 선물받지 않는 한. 옷을 받으면 이들은 노예 상태에서 해방된다). 말포이가에서 일하는 도비는 위험한 바실리스크를 풀어서 순수 혈통이 아닌 호그와트 학생들을 공격하겠다는 계획을 알게 되자 해리를 안전하게 지켜주려고 노력한다. 다만 도비의 노력은 대체로 역효과를 일으키거나 장난으로 마무리된다. 해리는 도비와 도비의 강력한 도덕심에 공감해 도비를 해방시켜 주고 싶다는 마음을 갖게 된다. 이 때문에 도비는 해리와 그의 친구들에게 더더욱 충성스러워진다.

해리는 〈해리 포터와 마법사의 돌〉에서 그린고츠 마법사 은행에서 일하는 고블린 그립훅을 만난다. 이때 해리는 완전히 새로운 세상에서 아직 자기 자리를 찾아가는 단계다. 몇 년이 흐른 뒤 볼드모트를 막을 방법을 찾던 해리는 그립훅의 도움을 받을 수밖에 없는 상황에 놓인다. 고블린들은 역사적으로 인간들과 잘 지내지 못했지만, 해리가 그립훅을 늘 높이 평가해 왔다는 사실(또한 고블린들이 만든 그리핀도르의 검을 제작자들에게 돌려주겠다는 거래)이 그립훅의 마음을 돌려 해리를 돕게 한다.

〈해리 포터와 아즈카반의 죄수〉 감독인 알폰소 쿠아론은 말한다. "모든 장면은 캐릭터의 성격을 규정하는 것이어야 합니다. 그 캐릭터가 마법 생명체라고 해도 말이죠." 특수 발포고무 또는 특수효과로 만들어지긴 했지만, 〈해리 포터〉 영화에 등장한 마법 생명체들은 변함 없는 일꾼이든, 장난꾸러기든, 헌신적인 친구든, 적이든, 그저 지능이 낮은 존재든 완전하게 실현된 개성을 갖추고 있다.

CHAPTER ONE

고블린과 집요정

<해리 포터> 영화 속 마법사 세계에는
다양한 종류의 마법 생명체들이 여러 가지 직업 분야에서 일하고 있다.
집요정들은 무조건적인 충성심으로 마법사 가문을 섬긴다.
고블린들은 재정적인 필요에 따라 다이애건 앨리에 있는
마법사 은행 그린고츠를 운영한다.

집요정

집요정은 평생 동안 단 하나의 마법사 가문을 위해 일한다. 집요정들은 책임감 있고 성실하며 대개의 경우 자신의 주인에게 광적일 정도로 충성한다. 부름을 받았을 때는 믿을 수 없을 만큼 강력한 마법도 부릴 수 있다. 집요정들은 주인에게서 옷과 같은 물건을 선물받아야만 노예 상태에서 풀려날 수 있다. 우리가 〈해리 포터〉 영화에서 만난 집요정은 둘뿐이지만, 디자이너들은 이 생명체들을 여러 가지 다른 성격과 외모로도 만들어 보았고, 육체적으로 나이 들게 만드는 흔치 않은 기회도 가졌다.

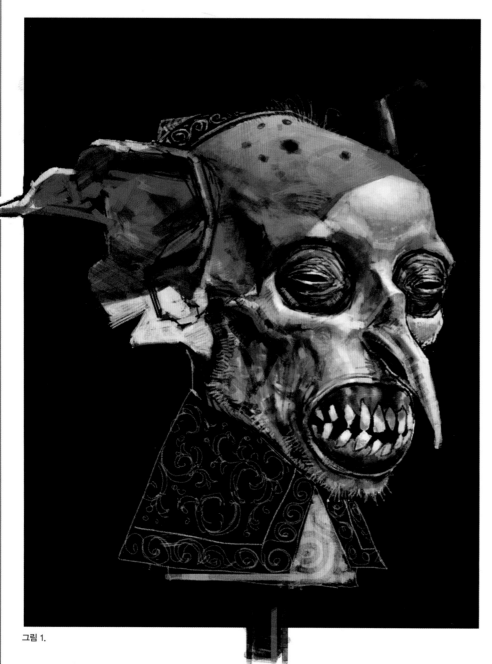

그림 1.

"무례하게 굴고 싶다거나
그런 건 아닌데, 지금은 내 방에
집요정을 들여놓기 좋은 때가
아닌 것 같아서 말이야."

해리 포터,
〈해리 포터와 비밀의 방〉

2쪽: 〈해리 포터와 아즈카반의 죄수〉에 나오는 디멘터 콘셉트 아트(롭 블리스).
4쪽: 〈해리 포터와 마법사의 돌〉에 나오는 그린고츠 고블린 콘셉트 아트(폴 캐틀링).
6쪽: 블랙 가문에서 일하는 짜증스러운 집요정 크리처. 〈해리 포터와 불사조 기사단〉을 위한 롭 블리스의 그림.
그림 1~5. 〈해리 포터와 불사조 기사단〉에서 그리몰드가 12번지에 간 해리 포터는 블랙 가문을 보필하다가 죽은 집요정들의 머리를 진열하는 특이한 전통을 접하게 된다. 코, 귀, 이, 피부를 다양하게 탐색한 롭 블리스의 섬뜩하고 흥미로운 콘셉트 아트.

그림 2.

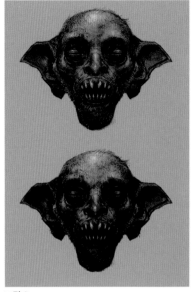

그림 3.

"도비는 영원히 한 가문만 섬겨요.
만약 그들이 도비가 여기 있다는 걸 안다면……."

도비,
〈해리 포터와 비밀의 방〉

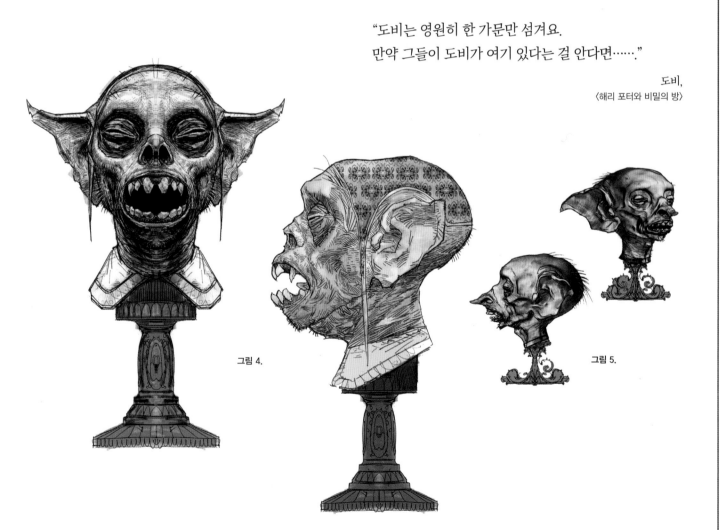

그림 4.

그림 5.

그림 1.

도비

말포이 집안을 보필하는 집요정 도비는 〈해리 포터와 비밀의 방〉에서 해리의 충성스러운 친구가 된다. 이때 해리가 도비를 말포이 가문에서 풀어주었기 때문이다. 둘은 〈해리 포터와 죽음의 성물 1부〉에서 다시 만나지만, 안타깝게도 도비는 해리와 친구들을 구하다가 죽는다.

다정하고 독특한 생명체 도비는 〈해리 포터와 비밀의 방〉에 처음 등장했으며, 〈해리 포터〉 영화 시리즈의 주요 등장인물 가운데 전체

그림 2.

가 컴퓨터로 만들어진 첫 번째 경우다. 도비는 수많은 디자인 실험을 거쳐서 박쥐 같은 귀, 깊은 감정이 담긴 커다란 눈, 뾰족한 코를 가진 집요정으로 만들어졌다. 디자이너들은 도비가 말포이 집안에서 하인으로 지낸 세월을 고려해 창백한 흑빛의 '포로 같은' 외모에 지저분한 피부와 힘없는 말투를 강조하기로 했다. 구부정한 자세도 말포이 집안에서 학대받은 세월들을 방증한다.

도비의 겉모습이 확정되자 특수 제작소는 모든 동작이 가능한 실물 크기의 채색 실리콘 모형을 만들었다. 모형 안에는 완전한 기능을 갖춘 뼈대가 있어서 조명 설치와 배우들의 시선 처리의 기준으로 세워두기도 했다. 이는 오버더숄더 숏(그림 3처럼 다른 사람의 어깨 너

머로 보이는 장면—옮긴이)에도 몇 차례 쓰였다. 〈해리 포터와 비밀의 방〉에서 도비의 움직임은 모션캡처 기술로 만들었다. 배우 토비 존스는 장면에 맞게 집요정의 목소리를 연기했고, 그런 다음 도비의 얼굴 표정과 신체적인 특징에 디지털 연기를 입혀 완성했다.

꼼꼼하게 만든 모형을 사이버스캔해서 현실감 넘치게 만들면 CGI 인물이라도 깊은 감정을 전달한다. 〈해리 포터와 죽음의 성물 1부〉에 도비가 마지막으로 등장했을 때, 이 집요정은 좀 더 부드럽고 좀 더 인간과 비슷한 모습이었다. 영화제작자들은 그렇게 하면 정서적 공감이 더 커질 거라고 생각했다. 도비의 목과 얼굴은 매끈해지고 팔이 짧아졌으며, 눈은 예전만큼 튀어나오지 않았다. 도비가 해리의 품에서 죽는 장면에서, 시각효과 디자이너들은 눈을 촉촉하게 적시고 피부에서 천천히 핏기가 사라지도록 했다. 도비가 셸 코티지에서 죽는 장면은 CGI 버전의 도비뿐 아니라 실물 크기 모형과 대역 배우까지 써서 촬영한 후에 모든 것을 합성해서 만들었다.

그림 3.

그림 4.

그림 5.

"도비는 절대로 아무도 죽이지 않아요!
도비는 그냥 불구로 만들려고 했어요……
크게 다치게 하거나요."

도비,
〈해리 포터와 죽음의 성물 1부〉

그림 6.

그림 1. 〈해리 포터와 비밀의 방〉에 등장한
집요정 도비. 롭 블리스 작품.
그림 2, 3. 〈해리 포터와 비밀의 방〉에서 도
비는 더즐리네 집으로 온다. 해리가 호그와
트로 돌아가지 않도록 설득하기 위해서다.
그림 4, 6~9. 여러 작업 팀의 도비 비주얼
개발 습작들.
그림 5. 해리는 도비에게 그 무엇도 호그와
트로 가는 자신을 막을 수 없다고 이야기한
다. 애덤 브록뱅크 아트워크.

그림 7.

그림 8.

그림 9.

그림 1.

1. 영화 속 첫 등장:
〈해리 포터와 비밀의 방〉

2. 재등장:
〈해리 포터와 죽음의 성물 1부〉

3. 등장 장소:
프리빗가 4번지, 호그와트, 그리몰드가 12번지, 말포이 저택, 셸 코티지

4. 기술 노트:
애니메이터들은 도비가 화면상에서 어느 쪽을 보건
상관없이 도비의 미소가 항상 왼쪽에 나타나게 했다.

5. 《해리 포터와 비밀의 방》 2장 설명:
"침대 위의 작은 생물은 크고 박쥐처럼 생긴 귀에,
툭 튀어나온 초록색 눈은 테니스공만 했다."

그림 2.

그림 1, 2. 〈해리 포터와 비밀의 방〉을 위해 다양한 단계로 창작된 도비 마케트.
그림 3. 도비와 도비의 천 조각 의상 습작들. 롭 블리스 작품.
그림 4. 행주를 두른 도비의 초기 콘셉트 아트. 작가 미상.
그림 5. 도비의 머리 습작. 롭 블리스 작품.
그림 6. 〈해리 포터와 죽음의 성물 1부〉와 〈해리 포터와 죽음의 성물 2부〉에 등장한 도비의 묘비. 해티 스토리 작품.
그림 7. 긴 코의 도비 초기 콘셉트 아트. 작가 미상.

그림 3.

그림 4.

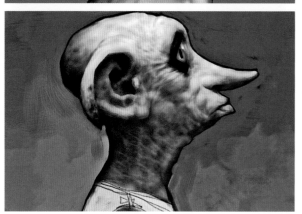

그림 5.

"주인님이 도비에게 옷을 주었어요!
도비는 자유예요!"

도비,
〈해리 포터와 비밀의 방〉

그림 6.

그림 7.

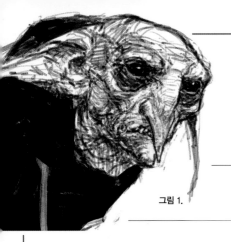

그림 1.

크리처

해리 포터는 〈해리 포터와 불사조 기사단〉에서 그리몰드가 12번지에 갔다가 블랙 가문에서 일하는 집요정 크리처를 만난다. 순수 혈통 마법사 주인에게 충성하는 크리처는 덤블도어를 따르는 시리우스나 그리몰드가에서 만나는 기사단 멤버들을 경멸한다. 하지만 〈해리 포터와 죽음의 성물 1부〉에서는 해리가 진짜 호크룩스 로켓을 찾도록 돕는다.

크리처는 도비와 같은 종족이지만 모든 면에서 도비와 정반대다. 디자이너들은 크리처에게 쪼글쪼글하고 처진 피부와 길고 축 늘어진 귀를 (귀털까지 완벽하게) 만들어 주었다. 크리처는 굽은 등, 늘어진 목살, 흐릿한 눈빛에 비뚤어지고 구부정한 자

세로 차갑고 까다로운 성미를 드러낸다. 도비가 활기차고 떠들썩하게 움직이는 반면, 크리처는 느리고 꾸준하며 거의 움직이지 않는다. 크리처의 목소리는 〈해리 포터와 불사조 기사단〉에서는 티모시 베이슨이, 〈해리 포터와 죽음의 성물 1부〉에서는 사이먼 맥버니가 연기했다. 마지막 장면에서는 크리처 역시 '약간 손을 봤다'. 코가 짧아지고 피부가 매끈해졌으며 귀가 (귀털도) 짧게 정리되었다.

그림 2.

그림 3.

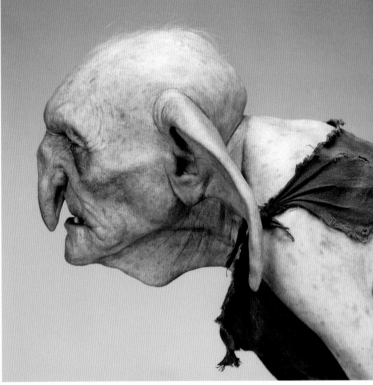

그림 4.

"못된 것이 뻔뻔하게 서 있네. 해리 포터,
어둠의 마왕을 막은 소년. 혼혈과 배신자들의 친구.
불쌍한 마님이 이 사실을 안다면……."

크리처,
〈해리 포터와 불사조 기사단〉

그림 5.

그림 6.

그림 1. 〈해리 포터와 불사조 기사단〉에 등장한 크리처. 롭 블리스 작품.
그림 2. 크리처 채색 습작. 롭 블리스 작품.
그림 3, 4. 크리처 마케트.
그림 5, 6. 〈해리 포터와 불사조 기사단〉에 등장한 크리처. 롭 블리스 스케치들.

그림 1.

그림 2.

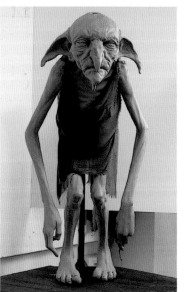

그림 3.

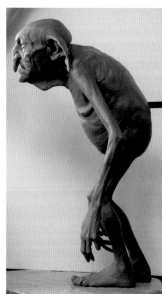

그림 4.

그림 1. 눈을 확대한 크리처 채색 습작. 〈해리 포터와 불사조 기사단〉을 위한 롭 블리스 작품.
그림 2. 생각에 잠긴 크리처. 롭 블리스 작품.
그림 3, 4. 크리처 마케트.
그림 5. 귀 모양 습작들. 롭 블리스 작품.
그림 6. 〈해리 포터와 불사조 기사단〉에서 크리처가 블랙 가문의 태피스트리 방에서 해리(대니얼 래드클리프)를 모욕하는 장면.
그림 7. 코가 짧아진 크리처. 롭 블리스 작품.

"크리처가 사는 이유는 고귀하신
블랙 가문을 섬기기 위해서예요."

크리처,
〈해리 포터와 불사조 기사단〉

1. 영화 속 첫 등장:
〈해리 포터와 불사조 기사단〉

2. 재등장:
〈해리 포터와 죽음의 성물 1부〉

3. 등장 장소:
그리몰드가 12번지

4. 디자인 노트:
디자이너들은 크리처를 '모든 면에서 역겹고 섬뜩하게' 만들고자 했다.

5. 《해리 포터와 불사조 기사단》 6장 설명:
"주름이 너무 쪼글쪼글해서 피부를 쫙 펴면 몸통의 몇 배는 될 것 같았고,
다른 집요정들처럼 대머리였지만
크고 박쥐 같은 귀에는 하얀 털이 잔뜩 나 있었다."

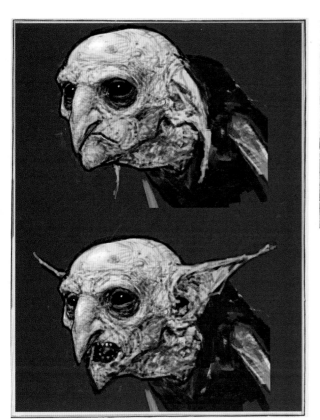

그림 5.

그림 6.

그림 7.

고블린

〈해리 포터〉 영화에서 고블린들은 다이애건 앨리에 위치한 그린고츠 마법사 은행 사무실에서 상담사로 일한다. 영화 속에서 이 생명체들은 기다란 손가락, 기다란 귀, 그리고 기다란 코를 가진 모습으로 창조되었다. 해그리드와 해리는 〈해리 포터와 마법사의 돌〉에서 포터 가족의 금고에서 돈을 꺼내는데, 이때 고블린 그립훅의 인도를 받는다. 〈해리 포터와 죽음의 성물 2부〉에서 해리, 그립훅, 헤르미온느 그레인저, 론 위즐리는 그린고츠의 고블린을 속이고 레스트레인지 가문의 금고를 연다.

　〈해리 포터〉 영화의 특수 캐릭터 디자이너들은 고블린의 가장 중요한 특징이 성격이라는 점을 일찌감치 깨달았다. 이들은 흥미로운 성격 유형들을 만든 다음, 이것을 '고블린화'했다. 디자이너들은 고블린들 각자의 개성이 드러나게끔 귀 뒤, 턱, 코를 따로 디자인하는 수고를 거쳤다.

　고블린이 〈해리 포터와 마법사의 돌〉에 처음 등장했을 때부터 〈해리 포터와 죽음의 성물 2부〉에 마지막으로 등장했을 때까지 10년의 시간이 흘렀다. 그동안 고블린의 겉모습을 만드는 보형물 기술은 큰 발전을 이루었다. 고블린의 머리는 두 영화 모두 실리콘으로 만들었지만, 최근에 제작된 실리콘은 움직일 수 있고, 감촉도 실제 피부 같다. 〈해리 포터와 죽음의 성물 2부〉의 은행 장면에서 고블린이 60명도 넘게 필요하자, 특수 제작소는 분장사들을 조립 라인에 앉혀서 고블린의 얼굴과 손에 색을 칠하고 머리카락과 속눈썹을 한 올씩 심는 작업이 한꺼번에 이루어지도록 했다. 고블린 보형물은 그날의 촬영이 끝나면 다시 사용할 수 없었기 때문에, 똑같은 고블린 머리를 수없이 많이 만들어 두고 촬영이 있는 날마다 사용해야 했다.

그림 1. 그린고츠 마법사 은행에 있는 고블린의 〈해리 포터와 죽음의 성물 2부〉 홍보용 사진.
그림 2~5. 〈해리 포터와 마법사의 돌〉에 등장한 고블린. 폴 캐틀링 습작들.

그림 1.

그림 2.

그림 3.

그림 4.

그림 5.

"고블린들은 똑똑하지만
다정하지는 않아."

루비우스 해그리드,
〈해리 포터와 마법사의 돌〉

간략한 사실들

고블린

✳

1. **영화 속 첫 등장:** 〈해리 포터와 마법사의 돌〉

2. **재등장:** 〈해리 포터와 죽음의 성물 2부〉

3. **등장 장소:** 다이애건 앨리의 그린고츠 마법사 은행

4. **기술 노트:** 〈해리 포터와 죽음의 성물 2부〉에서 고블린들이 쓴
실리콘 보형물은 몸에 장착하면 온도가 체온과 같아졌다.

5. **《해리 포터와 마법사의 돌》 3장 설명:**
"고블린은 해리보다 머리 하나쯤 작았다.
고블린은 거무스름하고 영악해 보이는 얼굴에 턱수염은
끝이 뾰족했는데, 손가락과 두 발이 아주 긴 것이 눈에 띄었다."

그림 1.

그림 2.

그림 3.

그립훅

그린고츠 직원 그립훅은 〈해리 포터와 마법사의 돌〉에서 해리 포터와 처음 만난다. 그리고 해리를 포터 가족의 금고로 안내한다. 그들은 〈해리 포터와 죽음의 성물 1부〉와 〈해리 포터와 죽음의 성물 2부〉에서 다시 만나고, 그립훅은 해리와 계약을 맺고 레스트레인지 가문의 금고를 여는 데 도움을 준다.

그립훅은 〈해리 포터〉 영화에서 많은 역을 맡은 중견 배우 워릭 데이비스가 연기했다. 〈해리 포터와 죽음의 성물 1부〉와 〈해리 포터와 죽음의 성물 2부〉에서 데이비스가 그립훅으로 변신하는 데는 네 시간이 걸렸고, 여기에 콘택트렌즈와 발음을 불분명하게 만드는 날카로운 틀니까지 끼웠다. 촬영이 끝나고 나면 분장을 지우는 데 다시 한 시간이 걸렸다. 데이비스는 〈해리 포터와 마법사의 돌〉에서는 해리의 금고 열쇠를 가져가는 은행원 고블린을, 〈해리 포터와 아즈카반의 죄수〉에서는 호그와트의 필리우스 플리트윅 교수와 호그와트 합창단장을 연기했다. 〈해리 포터와 불사조 기사단〉에서는 마법약 시장에서 큰돈을 잃은 고블린 역의 카메오로 출연했다.

그림 4.

그림 5.

그림 3. 특수 제작소에 전시된 고블린 머리 보형물들로, 〈해리 포터와 마법사의 돌〉에 사용되었다.
그림 4. 〈해리 포터와 죽음의 성물 2부〉에서 그립훅으로 변한 워릭 데이비스.
그림 5. 그립훅의 비주얼 개발 아트워크. 폴 캐틀링 작품.

그림 1. 〈해리 포터와 마법사의 돌〉 홍보 자료 속 그린고츠의 고블린들.
그림 2. 은행원 고블린의 보형물 머리 부분

간략한 사실들

그립훅

1. 영화 속 첫 등장: 〈해리 포터와 마법사의 돌〉

2. 재등장: 〈해리 포터와 죽음의 성물 2부〉

3. 등장 장소: 그린고츠 마법사 은행, 셸 코티지

4. 기술 노트:
〈해리 포터와 마법사의 돌〉에서 그립훅의 몸 연기는 번 트로이어가 했다. 워릭 데이비스는 목소리 연기만 했다.

5. 《해리 포터와 죽음의 성물》 24장 설명:
"해리는 고블린의 누르께한 피부와 길고 가느다란 손가락, 검은색 눈동자에 주목했다. (……)
동그란 머리는 인간의 머리보다 훨씬 컸다."

그림 2.

그림 1.

그림 3.

그림 1~6. 〈해리 포터와 마법사의 돌〉의 시대 의상 팀 아이디어에 따라 디킨스 소설에나 나올 법한 옷을 입은 그립훅. 폴 캐틀링 작품.

그림 4.

"나는 너를 들여보내겠다고 했지,
내보내겠다고는 하지 않았어."

그립훅,
〈해리 포터와 죽음의 성물 2부〉

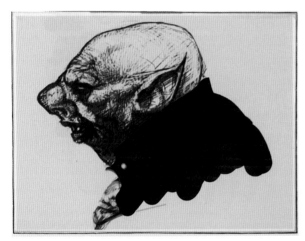

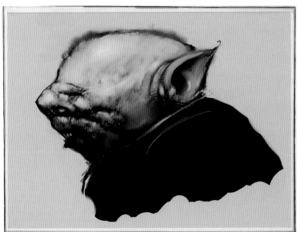

그림 5.

그림 6.

CHAPTER TWO

어둠의
생명체

〈해리 포터〉 영화 속 마법 세계에는 가장 끔찍한 악몽 속에 존재하는
생명체들도 있다. 그중 많은 수가 볼드모트 경의 권력 추구에 가담한다.
볼트모트는 두 번이나 비밀의 방을 열어서, 눈이 마주친 사람을 돌로 만드는 바실리스크를
풀어놓았다. 어둠의 마왕은 두 번째로 권력을 잡았을 때 디멘터를 군대로 쓰는 한편,
인페리우스들에게는 호크룩스 로켓을 지키게 하여 자신의 무기 중 하나로 활용한다.

바실리스크

〈해리 포터와 비밀의 방〉에 등장하는 비밀의 방에는 천 년 묵은 뱀 바실리스크가 살고 있다. 이 뱀은 본래 살라자르 슬리데린이 다스리던 생명체. 바실리스크가 이 방에 감금된 이후, 이 생명체에게 명령을 내릴 수 있었던 사람은 오직 톰 리들이라는 학생 한 명뿐이었다. 〈해리 포터와 비밀의 방〉에서 바실리스크는 다시 한번 풀려나고, 그때 이 괴수를 죽이고 학교를 구하는 임무는 오직 해리의 손에 달려 있었다.

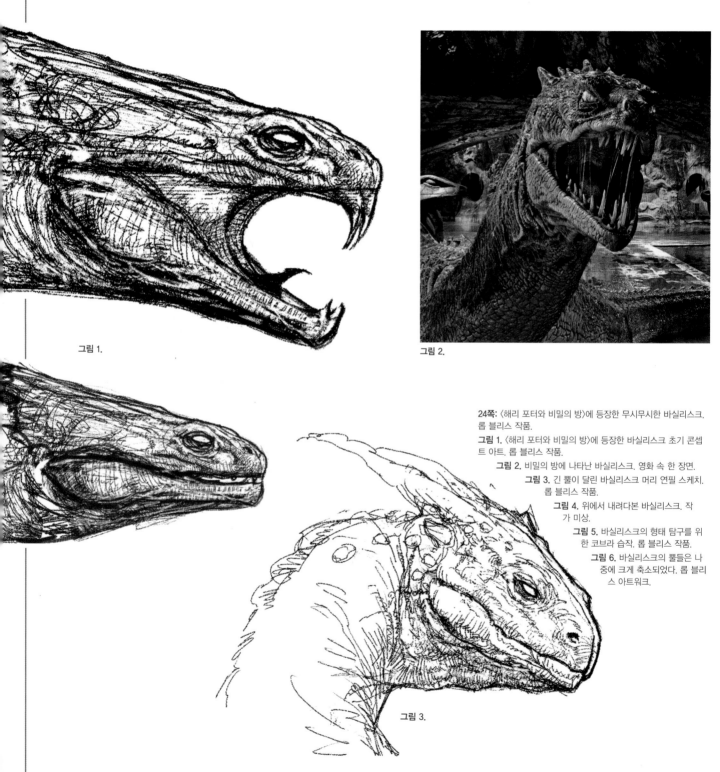

그림 1.

그림 2.

그림 3.

24쪽: 〈해리 포터와 비밀의 방〉에 등장한 무시무시한 바실리스크. 롭 블리스 작품.

그림 1. 〈해리 포터와 비밀의 방〉에 등장한 바실리스크 초기 콘셉트 아트. 롭 블리스 작품.

그림 2. 비밀의 방에 나타난 바실리스크. 영화 속 한 장면.

그림 3. 긴 뿔이 달린 바실리스크 머리 연필 스케치. 롭 블리스 작품.

그림 4. 위에서 내려다본 바실리스크. 작가 미상.

그림 5. 바실리스크의 형태 탐구를 위한 코브라 습작. 롭 블리스 작품.

그림 6. 바실리스크의 뿔들은 나중에 크게 축소되었다. 롭 블리스 아트워크.

그림 4.

그림 5.

〈해리 포터와 비밀의 방〉에 등장한 바실리스크는 호그와트 성 아래 깊은 지하에 살며, 파충류의 신체적 특징을 강조한 몸과 용 모양 머리를 지녔다. 제작진은 단단하고 우둘투둘하고 끈끈한 피부의 바실리스크의 삶 전체를 컴퓨터 안에서 만들어 냈다. 비주얼 개발 연구에는 실제 동물 관찰이 포함되었는데, 관찰 대상 중에는 몸길이가 2.5미터에 이르는 버마비단뱀 도리스도 있었다. 대상 모델을 사이버스캔했지만, 비밀의 방의 바닥에는 바실리스크가 벗어놓은 허물이 있어야 했다. 그리고 이 허물을 만들기 위해서는 실물 크기의 바실리스크 모형이 필요했다. 그래서 특수 제작소는 우레탄 고무로 뱀 허물의 앞부분 12미터를 만들었다.

그다음으로 필요한 것은 〈해리 포터와 비밀의 방〉의 마지막 전투 장면에서 대니얼 래드클리프(해리 포터)와 대결할 실물 크기의 바실리스크 입이었다. 특수 제작소는 바실리스크의 이빨과 입 안쪽뿐 아니라 머리 전체를 만들어야 CG 분량을 줄일 수 있다고 판단했다. 제작진은 여기서 더 나아가 목 부분까지 모형을 만들 수 있는지, 턱이 열리도록 만들 수 있는지, 입을 위아래로 움직일 수 있는지, 바실리스크의 코를 찔렀을 때 코가 움직이게 할 수 있는지, 눈과 눈꺼풀을 눈이 먼 다음에도 움직이게 할 수 있는지, 그리고 모든 독사가 다 그렇듯 이빨을 뒤로 접고 입을 다물 수 있게 할 수 있는지도 물었다. 그래서 실물 사이즈의 뱀 허물에 이어 또 하나의 실물 크기 모형 바실리스크가 〈해리 포터와 비밀의 방〉 촬영장에 등장했다. 이 모형은 아쿠아트로닉 시스템을 사용해서 바실리스크의 기어가는 동작과 입의 움직임을 매끄럽게 표현해냈다. 각각의 이빨은 케이블로 움직였다.

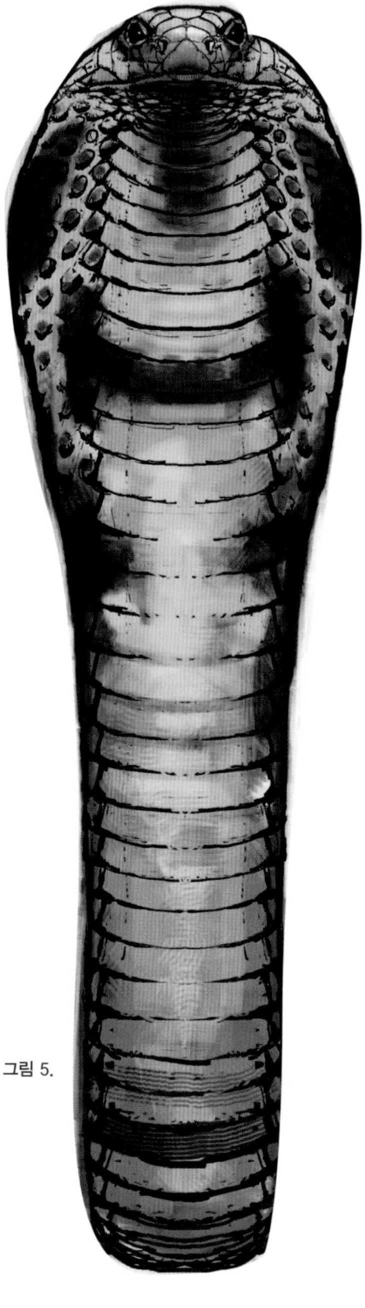

그림 6.

그림 1.

그림 2.

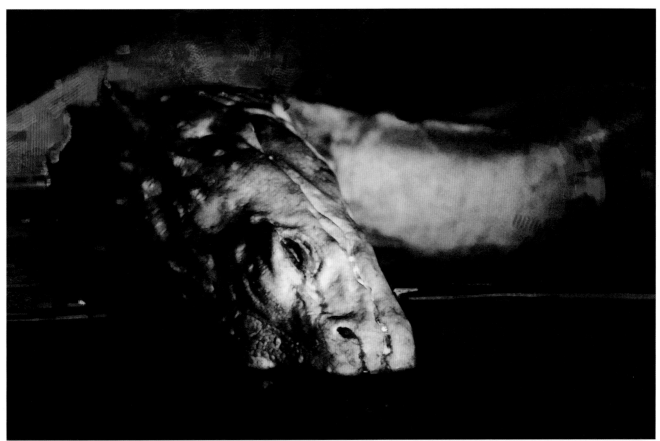

그림 3.

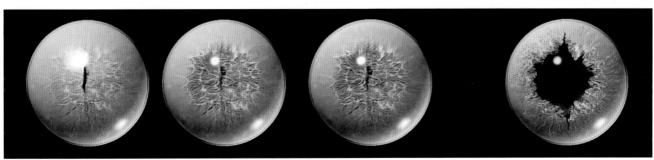

그림 4.

"우리의 땅을 배회하는 많은 야수 가운데
바실리스크보다 더 치명적인 것은 없다.
이들은 수백 년을 살 수 있으며,
이 거대한 뱀과 시선이 마주치면 누구나 그 자리에서 죽게 된다."

해리 포터,
〈해리 포터와 비밀의 방〉에서 도서관 책에서 찢어낸 부분을 읽는 장면

그림 5.

그림 1. 〈해리 포터와 비밀의 방〉에서 해리(대니얼 래드클리프)가 바실리스크를 무찌르는 장면.
그림 2. 죽음의 고통으로 몸부림치는 바실리스크.
그림 3. 죽어서 누워 있는 바실리스크. 롭 블리스 비주얼 개발 작업.
그림 4. 바실리스크의 눈 습작. 롭 블리스 작품.
그림 5. 초기 콘셉트 스케치. 롭 블리스 작품.

그림 1.

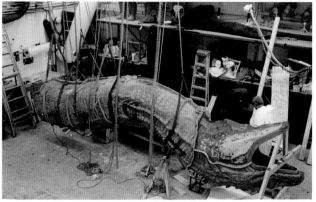

그림 2~5.

정확한 모양을 만들기 위해, 디자인이 너무 무겁거나 다루기 불편하지 않도록 알루미늄으로 기다란 관 모양 또는 6각형 구조물을 만들고, 생명체의 피부 안쪽에는 폼 라텍스 재질을 채워 넣어야 했다. 아주 복잡하고 힘든 기계 작업으로만 가능한 일이었다. 처음에는 모두가 그렇게 생각했다. 그런데 특수 제작소의 한 직원이 사다리를 써보자고 제안했고, 그것이 행운의 해결책이 되었다. 알루미늄 사다리는 본래 튼튼하지만, 바실리스크의 피부 아래에 설치하기 위해 더욱 튼튼하게 만들었다. 바실리스크의 일부는 〈해리 포터와 불의 잔〉에서 우리에 갇혀 있는 헝가리 혼테일을 만드는 데 재활용됐다. 〈해리 포터와 죽음의 성물 2부〉에서 제작 팀은 송곳니가 달린 바실리스크 해골을 새로 만들었다.

그림 6.

그림 1~5. 특수 제작소에서 바실리스크를 만드는 모습. 알루미늄 사다리로 만든 구조물 위에 12미터 길이의 피부를 씌우고 있다.

그림 6. 〈해리 포터와 죽음의 성물 2부〉에서 론 위즐리와 헤르미온느 그레인저는 바실리스크의 이빨을 찾으려고 비밀의 방으로 간다. 애덤 브룩뱅크 아트워크.

그림 7. 〈해리 포터와 비밀의 방〉 촬영 전에 실물 크기의 바실리스크에 물을 뿌리고 있다.

그림 7.

간략한 사실들

바실리스크

✳

1. 영화 속 등장: 〈해리 포터와 비밀의 방〉

2. 등장 장소: 비밀의 방

3. 기술 노트:
비밀의 방 안에서 바실리스크의 마지막 9미터 정도는
사이버스캔한 모형을 토대로 디지털로 만들었다.

4. 《해리 포터와 비밀의 방》 17장 설명:
"독을 품고 있을 것 같은 밝은 초록색에 오크나무 몸통만큼이나 굵은
어마어마한 크기의 뱀이 몸을 공중으로 꼿꼿이 세운 채 기둥 사이로
그 거대하고 뭉툭한 머리를 취한듯 이리저리 흔들고 있었다."

비밀의 방

프로덕션 디자이너 스튜어트 크레이그는 비밀의 방을 만든 사람이 슬리데린이므로 그 방 자체가 슬리데린의 '사원'처럼 보여야 한다고 생각했다. 호그와트에 숨겨진 비밀의 방은 지하 감옥에 있지만, 바실리스크는 풀어주면 수도관을 돌아다니며 피해자들을 찾는다.

크레이그와 팀원들은 영감을 얻기 위해 런던의 하수도를 살펴보았다. 호그와트는 스코틀랜드에 있으므로, 크레이그는 스코틀랜드 지역의 바위 표면을 틀로 찍어서 벽으로 사용해 하일랜드의 절벽이나 산과 어우러지도록 했다. 슬리데린의 머리는 폴리스티렌으로 틀을 만든 다음, 앤드루 홀더가 다듬어서 바위 표면과 어울리도록 했다. 비밀의 방은 〈해리 포터〉 영화를 촬영하기 위해 건설된 세트 중 가장 큰 축에 속한다. 길이가 76미터, 폭이 37미터에 이른다. 또 깊이가 엄청나야 했다. 그러나 당시 리브스덴 스튜디오의 가장 높은 세트장은 높이가 8.5미터밖에 되지 않았다. 크레이그는 착시를 통해 깊이감을 주는 방법으로 이 문제를 해결했다. 비밀의 방에 물이 흘러넘쳐, 슬리데린 동상의 머리 부분만 보인다는 아이디어를 낸 것이다. 실제 물은 겨우 1미터 정도 깊이밖에 되지 않았지만 깊이감을 주기 위해 검은색으로 물들였다.

〈죽음의 성물 2부〉에서 비밀의 방은 론과 헤르미온느가 호크룩스를 파괴하려고 바실리스크의 이빨을 가져올 때 다시 열린다. 비밀의 방이 등장하는 것은 잠깐뿐이므로 디지털 재현물이 만들어졌고 이 장면 전체는 그린스크린을 배경으로 촬영되었다.

"비밀의 방이 열렸다."

호그와트 복도 벽의 낙서,
〈해리 포터와 비밀의 방〉

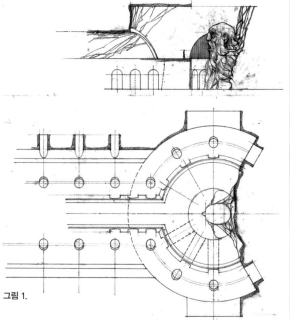

그림 1.

그림 2.

그림 3.

그림 4.

그림 5.

그림 1. 비밀의 방 설계도.
그림 2~4. 〈해리 포터와 비밀의 방〉 장면들은 이 영화에 사용된 방의 크기와 모형들의
규모를 알게 해준다.
그림 5. 스튜어트 크레이그가 그린 바실리스크 스케치.

디멘터

디멘터는 아즈카반을 지키는 유령 같은 어둠의 생명체다. 이들은 〈해리 포터와 아즈카반의 죄수〉에서 시리우스 블랙을 잡으려고 호그와트로 향한다. 영혼을 파괴하는 이들의 힘이 해리에게 심각한 영향을 미치자, 루핀 교수는 해리에게 패트로누스라는 방어술을 가르친다. 디멘터 무리는 〈해리 포터와 불사조 기사단〉의 리틀 윈징에 등장해서 해리와 더들리 더즐리를 공격하고, 해리는 그들을 힘겹게 물리친다. 디멘터들은 〈해리 포터와 죽음의 성물 1부〉와 〈해리 포터와 죽음의 성물 2부〉에서 볼드모트 편에서 싸운다.

그림 1. (위) 〈해리 포터와 아즈카반의 죄수〉에 등장한 디멘터의 해골 같은 모습이 후드 달린 낡은 망토 안에서 사라진다. 롭 블리스 아트워크.
그림 2. (35쪽) 〈해리 포터와 아즈카반의 죄수〉에서 해리는 퀴디치 경기 중에 디멘터와 마주친다. 롭 블리스 콘셉트 스케치.

그림 1~3. 〈해리 포터와 아즈카반의 죄수〉에 쓰인 디멘터 구조물들은 의상 팀과
특수 제작소가 공동 작업으로 만들었다.
그림 4. 〈해리 포터와 아즈카반의 죄수〉에 등장한 디멘터 습작. 롭 블리스 작품.
그림 5. 〈해리 포터와 아즈카반의 죄수〉에서 호그와트 성 위를 떠도는 디멘터들.
앤드루 윌리엄슨 아트워크.
그림 6. 후드를 쓴 디멘터들. 올가 두기나와 안드레이 두긴 구상화.

그림 4.

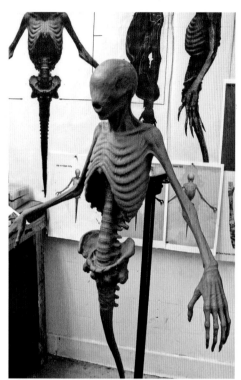

그림 1.

그림 2.

그림 3.

"디멘터는 이 세상에 존재하는
가장 끔찍한 생명체 가운데 하나야.
그들은 좋은 기분, 행복한 기억은 모두 잡아먹고,
가장 나쁜 경험들만 또렷하게 남겨놓지."

리머스 루핀,
〈해리 포터와 아즈카반의 죄수〉

그림 5.

디멘터들은 감지할 수 없는, 유령처럼 실체가 없는 생명체다. 〈해리 포터와 아즈카반의 죄수〉의 비주얼 개발 작업 팀은 디멘터를 모습이 분명하게 드러나지 않는 해골 같은 형태로 디자인했고, 이들이 공중에서 미끄러지듯이 움직이거나 떠돌 때는 몇 가지 해부학적인 틀을 적용했다. 검은색 로브는 머리에서부터 드리워지도록 씌워서 장막 같은 효과를 주었다. 특수 캐릭터 디자이너들은 의상 팀과 긴밀하게 협조했고, 여러 종류의 섬유들로 떠다니는 효과를 실험했다. 디멘터들이 등장하는 장면은 대체로 어두웠기 때문에, 디멘터가 완전히 검은색이면 배경에 흡수될 위험이 높았다. 그래서 디자이너들은 디멘터에 진회색과 검은 계열 색상을 혼합해서 썼다. 디자이너들은 디멘터를 표현할 때 수의가 썩어 너덜거리는 미라의 모습을 참고했고, 천을 여러 겹으로 겹쳐서 층층이 썩은 느낌을 표현했다.

디멘터는 말을 하지 않는다. 이들에게 필요한 것은 희생자에게서 행복을 빨아들이기 위해 열리는 입 구멍뿐이다. 따라서 이들의 오싹하고 위협적인 특징을 표현하는 열쇠는 움직임이었다. 처음에 제작진은 실사 특수효과로 디멘터를 만들고자 했다. 이들은 천을 씌운 디멘터 모형으로 다양한 바람과 조명 효과를 시험해 보고, 필름을 뒤로 돌려보거나 천천히 돌려보았지만 결과는 만족스럽지 않았다. 다음에는 인형 조종사와 함께 물속에서 촬영을 진행했다. 느리면서도 강력한 움직임을 표현하기 위해서였다. 이 실험은 제작진이 원하는 효과를 냈지만, 똑같은 동작을 반복하기가 어려웠다. 결국 디멘터는 컴퓨터 작업으로 만들게 되었다. 그러나 수중 실험 장면은 중요한 참고가 되어서, 디지털 작업 팀은 디멘터들이 중력에 현실적으로 반응하면서도 비밀스럽고 섬뜩하게 움직이도록 만들었다.

그림 6.

그림 1. (위) 〈해리 포터와 아즈카반의 죄수〉에서 기억을 환기시키는 디멘터. 롭 블리스 아트워크.
그림 2. 〈해리 포터와 아즈카반의 죄수〉에 나오는 디멘터 습작. 롭 블리스 작품.

그림 2.

간략한 사실들

디멘터

✶

1. 영화 속 첫 등장: 〈해리 포터와 아즈카반의 죄수〉

2. 재등장:
〈해리 포터와 불사조 기사단〉,
〈해리 포터와 죽음의 성물 1부〉, 〈해리 포터와 죽음의 성물 2부〉

3. 기술 노트: 의상 팀은 새 날개를 디멘터 로브 제작의 기초로 삼았다.

4. 등장 장소:
호그와트 급행열차, 호그와트 성, 프리빗가 인근 지하도, 마법 정부

5. 《해리 포터와 아즈카반의 죄수》 5장 설명:
"천장에 닿을 듯 키가 큰 어떤 망토 입은 형체가 (……) 문 앞에 서 있었다.
얼굴은 망토에 달린 후드 속에 완전히 감춰져 있었다. (……) 망토 아래로
번들거리는 잿빛을 띠고 끈적끈적해 보이는 딱지투성이 손이 튀어나와
있었다. 그것은 꼭 물속에서 부패한 시신의 손 같았다."

그림 3.

그림 4.

그림 5.

"디멘터는 잔인한 생명체들이야.
자신들이 잡아야 할 사람과
그 길에 방해가 되는 사람을 구분하지 않지……
디멘터는 용서를 모르는 존재란다."

알버스 덤블도어,
〈해리 포터와 아즈카반의 죄수〉

〈해리 포터와 불사조 기사단〉 촬영에 앞서 디멘터들은 다시 제작되었다. 제작진이 디멘터가 더 많이 나오기를 원했기 때문이다. 이 영화에서 디멘터들은 후드를 벗고 로브를 젖혀서 해골과 가슴을 드러냈다. 지하도에서 해리를 공격할 때 벽에 대고 밀려면 튼튼한 팔과 정교한 손도 필요했다. 처음에 디자이너들은 망토의 넝마 같은 부분이 문어 다리처럼 움직이도록 개조하려고 했지만, 팔이 너무 많으면 효과가 떨어진다고 판단해서 결국 인간처럼 2개의 부속물을 만들었다.

그림 3. 4. 디멘터의 질감과 색조를 상세하게 탐구한 롭 블리스의 콘셉트 아트.
그림 5. 〈해리 포터와 아즈카반의 죄수〉에서 해리 포터(대니얼 래드클리프)가 패트로누스 마법으로 디멘터를 물리치고 시리우스 블랙(게리 올드먼)을 지키는 장면.
그림 6. 〈해리 포터와 아즈카반의 죄수〉에 쓰인 롭 블리스 비주얼 개발 작업. 색채와 질감에 대한 아이디어는 특수 제작소에서 제공했다.

그림 6.

인페리우스

인페리우스는 〈해리 포터〉 시리즈에만 등장하는 특수한 형태의 생명체다. 인페리우스는 어둠의 마법사의 마법에 걸려 죽음에서 깨어난 시체들을 가리킨다. 〈해리 포터와 혼혈 왕자〉에서 해리 포터와 알버스 덤블도어는 바다 동굴로 들어가야만 한다. 그들이 호크룩스라고 믿는 슬리데린 로켓을 되찾아오기 위해서다. 두 사람은 임무를 완수하지만, 볼드모트 경은 마법을 걸어 회색의 해골 같은 인페리우스 무리를 되살려 낸다. 이 무리는 호수에서 몰려 나오고 두 사람의 길을 가로막는다. 해리와 덤블도어가 인페리우스 무리를 물리치고 빠져나오려면 불이 필요하다.

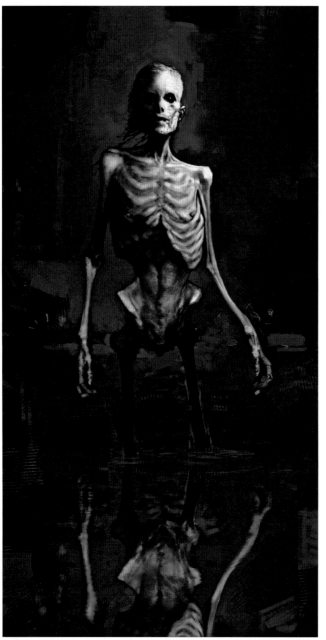

그림 1.

그림 2.

그림 3.

그림 1. 〈해리 포터와 혼혈 왕자〉에 등장한 인페리우스. 롭 블리스 콘셉트 아트.
그림 2, 3. 동굴의 수정 섬에 침입하는 인페리우스 무리. 디지털 합성.
그림 4. (41쪽) 해리는 인페리우스 무리를 막고 덤블도어를 지키려 한다. 애덤 브록뱅크 아트워크.

그림 1.

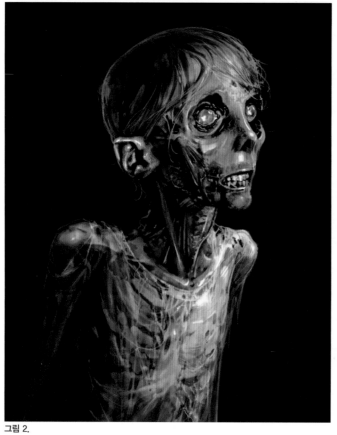

그림 2.

그림 3.

〈해리 포터와 혼혈 왕자〉에 등장한 인페리우스 무리는 기괴하고 섬뜩하다. 이들에게 주어진 유일한 과제는 아무도 동굴 밖으로 나가지 못하게 막는 것이다. 이 '죽지 않은' 존재들은 어둠의 세력에 조종되는, 진정한 볼드모트의 희생자들이다. 해리 포터 영화 제작진은 이 생명체들이 무시무시한 겉모습에도 불구하고 관객들에게 연민을 이끌어 내기를 바랐다. 비주얼 개발 팀은 뒤틀리고 괴물 같은 모습을 담은 중세의 목판화를 비롯해 단테의 《지옥》이나 《실낙원》 같은 고전 작품을 연구했고, 아티스트들은 물에 빠져 죽은 사람들의 피부 색깔과 결을 알기 위해 익사자들의 사진까지 관찰했다.

인페리우스 무리는 온전히 컴퓨터로 만들어진 생명체였기 때문에, 사이버스캔할 남자와 여자의 실물 크기 모형을 제작하긴 했지만, 실제로 색은 칠하지 않았다. 제작진은 컴퓨터로 회색과 검은색을 덧칠하고, 한때 살이 있었다는 것을 보여주는 질감을 입힌 다음, 디지털 해골을 결합해서 움직임을 실험했다.

또 하나의 중요한 원칙은 인페리우스를 좀비로 만드는 실수를 피하는 것이었다. 인페리우스들이 호수에서 나와 해리를 붙잡는 장면은 남녀 배우들의 모션캡처로 촬영했다. 실제 사람과 비슷하게 행동하도록 만들기 위해서였다. 이 디지털 인페리우스들(그중에는 아이도 두 명 있었다)은 대니얼 래드클리프(해리 포터)가 물속에 끌려 들어가 여자 인페리우스에게 안기는 실제 필름 촬영 장면과 합성했다. 실제 촬영은 물탱크 속에서 이루어졌는데, 대니얼의 머리와 옷이 자연스럽게 뜨도록 만들기 위해서였다. 영화 장면에 겨우 2분 정도 나오는 인페리우스를 만들기 위해 서른 명의 사람들이 45주 동안 작업했다.

이 장면에서 특히 힘들었던 효과 중 하나는 해리와 덤블도어의 탈출에 꼭 필요한 불을 만드는 것이었다. 조명도 중요한 고려 사항이었다. 디지털 작업 팀은 불뿐만 아니라 많은 수의 인페리우스들을 함께 다룰 수 있는 소프트웨어를 개발해서 두 가지가 자연스럽게 결합되도록 했다. 인페리우스들을 비추던 불빛은 이들 주변을 둘러싸는 화염으로 변했고, 결국 이들을 파괴했다. 불은 맹렬하고 폭발적인 모습으로 디자인되었다.

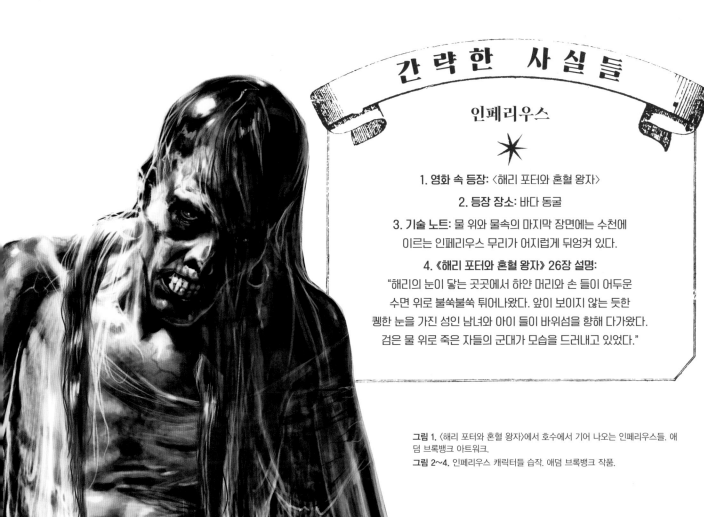

간략한 사실들

인페리우스

✴

1. 영화 속 등장: 〈해리 포터와 혼혈 왕자〉

2. 등장 장소: 바다 동굴

3. 기술 노트: 물 위와 물속의 마지막 장면에는 수천에 이르는 인페리우스 무리가 어지럽게 뒤엉켜 있다.

4. 《해리 포터와 혼혈 왕자》 26장 설명:
"해리의 눈이 닿는 곳곳에서 하얀 머리와 손 들이 어두운 수면 위로 불쑥불쑥 튀어나왔다. 앞이 보이지 않는 듯한 퀭한 눈을 가진 성인 남녀와 아이 들이 바위섬을 향해 다가왔다. 검은 물 위로 죽은 자들의 군대가 모습을 드러내고 있었다."

그림 1. 〈해리 포터와 혼혈 왕자〉에서 호수에서 기어 나오는 인페리우스들. 애덤 브록뱅크 아트워크.
그림 2~4. 인페리우스 캐릭터들 습작. 애덤 브록뱅크 작품.

그림 4.

트롤

트롤은 아주 큰 생명체로, 키가 대략 3.5미터로 묘사된다. 이들은 아주 위험하고 또 아주 멍청하다. 트롤은 〈해리 포터와 마법사의 돌〉의 핼러윈 연회 때 영화에 처음 등장한다. 퀴럴 교수가 연회장에 뛰어 들어와 지하 감옥에 트롤이 있다고 소리친 것이다. 해리 포터와 론 위즐리가 여학생 화장실에서 헤르미온느 그레인저와 트롤을 찾았을 때, 론은 마침내 '윙가르디움 레비오사' 주문을 정확하게 발음하고, 간신히 트롤을 물리친다.

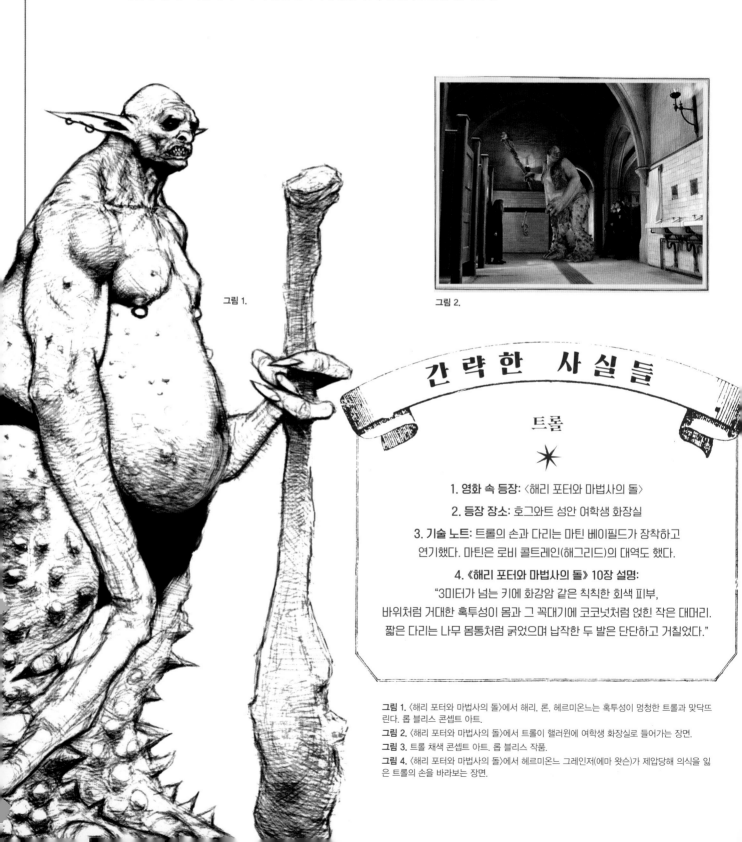

그림 1.

그림 2.

간략한 사실들

트롤

✳

1. 영화 속 등장: 〈해리 포터와 마법사의 돌〉

2. 등장 장소: 호그와트 성안 여학생 화장실

3. 기술 노트: 트롤의 손과 다리는 마틴 베이필드가 장착하고 연기했다. 마틴은 로비 콜트레인(해그리드)의 대역도 했다.

4. 《해리 포터와 마법사의 돌》 10장 설명:
"3미터가 넘는 키에 화강암 같은 칙칙한 회색 피부, 바위처럼 거대한 혹투성이 몸과 그 꼭대기에 코코넛처럼 얹힌 작은 대머리. 짧은 다리는 나무 몸통처럼 굵었으며 납작한 두 발은 단단하고 거칠었다."

그림 1. 〈해리 포터와 마법사의 돌〉에서 해리, 론, 헤르미온느는 혹투성이 멍청한 트롤과 맞닥뜨린다. 롭 블리스 콘셉트 아트.
그림 2. 〈해리 포터와 마법사의 돌〉에서 트롤이 핼러윈에 여학생 화장실로 들어가는 장면.
그림 3. 트롤 채색 콘셉트 아트. 롭 블리스 작품.
그림 4. 〈해리 포터와 마법사의 돌〉에서 헤르미온느 그레인저(에마 왓슨)가 제압당해 의식을 잃은 트롤의 손을 바라보는 장면.

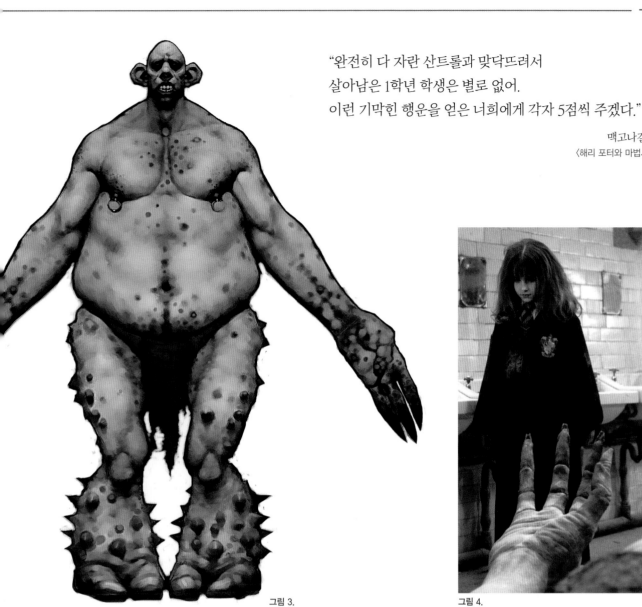

"완전히 다 자란 산트롤과 맞닥뜨려서
살아남은 1학년 학생은 별로 없어.
이런 기막힌 행운을 얻은 너희에게 각자 5점씩 주겠다."

맥고나걸 교수,
〈해리 포터와 마법사의 돌〉

그림 3.

그림 4.

콘셉트 디자이너들은 산트롤이 어둠의 생명체라는 것을 알고 디자인했지만, 영화에서 트롤은 그렇게 어둡지 않은 코믹한 장면에 등장한다. 그래서 디자이너들은 트롤이 사나우면서도 눈빛은 멍하게 만들기로 했다. 트롤은 혐오스러운 동시에 어딘가 모자란 생명체처럼 보인다.

영화 속 트롤이 등장하는 장면은 몇 가지 시각효과 기술을 결합해서 만들었다. 먼저 특수 제작소가 트롤을 디자인해서 멍청한 표정, 발가락이 2개인 발, 커다랗고 뾰족한 돌기가 있는 트롤의 마케트를 만들었다. 이것을 사이버스캔한 다음, 배우가 트롤 의상을 입고 연기하는 장면을 일반 카메라로 촬영해 디지털 작업에 반영했다. 〈해리 포터와 마법사의 돌〉을 촬영할 때는 모션캡처 기술이 널리 쓰이지 않았기 때문이다. 여기에 더해, 트롤의 손과 다리를 포함한 하반신을 실물 크기로 만들어서 에마 왓슨(헤르미온느 그레인저)이 반응하며 연기하도록 했다. 이 하반신 인형은, 해그리드의 대역이기도 한 마틴 베이필드가 입고 연기했다.

익살스러운 액션 장면들(트롤의 몽둥이에 부딪혀 화장실 문이 부서지고, 헤르미온느의 머리 바로 위에서 세면대가 파괴되었으며, 기중기로 대니얼 래드클리프(해리 포터)를 들어 올려 트롤의 어깨 위에 '떨어뜨리고' 흔들었다)은 실사로 촬영했다. 결국 트롤은 론 위즐리의 마법으로 바닥에 쓰러져 정신을 잃는다. 3미터가 훨씬 넘는 트롤은 찰흙으로 만든 다음, 축 처진 피부를 표현하기 위해 실리콘으로 모양을 떠냈다. 완전히 색칠한 애니메트로닉 얼굴과 손가락을 움직여서 아이들의 눈에 트롤이 씰룩거리는 것처럼 보이게 했다.

이러한 실물 크기의 트롤은 시각효과 아티스트들에게 참고 자료가 되었다. 트롤의 피부를 표현하기 위해 의학 사진을 참조했고, 주름과 사마귀로 종기와 부스럼이 난 피부를 만들었다. 머리와 겨드랑이에는 털을 심었다. 트롤의 움직임은 불도저처럼 나아가면서 앞에 거치적거리는 건 모두 부수는 네 살짜리 아이의 움직임을 참고했다.

거인

〈해리 포터〉 시리즈에는 거대한 생명체들이 다수 소개된다. 하지만 거인만큼 큰 것은 없다. 거인은 키가 6미터 정도로 트롤보다 1미터 이상 크고, 지능은 크기와 비례한 만큼만 더 높을 뿐이다. 〈해리 포터와 불사조 기사단〉에서 사건이 일어나기 전에 볼드모트가 힘과 지지자들을 모을 때, 해그리드는 거인들과 협상하기 위해 파견된다. 그리고 이 여행에서 자신의 거인 동생 그롭을 만난다.

그림 1.

"그게, 솔직히 말하면 찾기가 어렵지는 않아.
그들은 아주 크니까. 알지?"

루비우스 해그리드,
〈해리 포터와 불사조 기사단〉

그림 2.

"난 우리와 함께하자고 설득하려고 했지만……
그들을 끌어들이려고 한 게 우리만은 아니었어."

루비우스 해그리드,
〈해리 포터와 불사조 기사단〉

그림 3.

그림 4.

간략한 사실들

거인

1. **영화 속 등장**: 〈해리 포터와 죽음의 성물 2부〉

2. **등장 장소**: 호그와트 성

3. **디자인 노트**: 거인들이 무기로 쓰는 몽둥이는 작은
나무를 디지털 방식으로 '만든 것'이다.

4. **《해리 포터와 죽음의 성물》 32장 설명**:
"거인 하나가 그의 눈앞에 서 있었다.
6미터나 되는 키 때문에 머리는 어둠 속에 감춰져 있었고,
나무 굵기만 한 털 난 정강이만이 성문에서 흘러나오는 빛으로 밝혀져 있었다."

그림 1. 〈해리 포터와 죽음의 성물 2부〉에서 호그와트 전투에 등장한 해골 장식을 걸친 거인. 애덤 브록뱅크 아트 워크. **그림 2.** 〈해리 포터와 불사조 기사단〉에는 거인 혼혈 해그리드와 그의 거인 동생 그룹이 나란히 등장한다. 애덤 브록뱅크 시각화. **그림 3.** 〈해리 포터와 죽음의 성물 2부〉에서 전투의 클라이맥스 장면. 비주얼 개발 작업 팀 줄리언 캘도 콘셉트 아트. **그림 4.** 〈해리 포터와 죽음의 성물 2부〉에서 전투의 클라이맥스 장면. 롭 블리스 작품.

그림 1.

〈해리 포터와 죽음의 성물 2부〉에서 호그와트 전투에 참여한 거인들은 컴퓨터 작업으로 만들었다. 그러나 제작진은 디지털 작업도 실제 배우들의 연기를 바탕으로 시작하는 편이 더 좋다고 생각했다. 그래서 배우들의 눈코입을 과장하는 보형물을 먼저 만들었다. 덩치가 큰 배우들이 이 보형물을 쓰고 허리에 천을 둘러 끈으로 고정한 다음, 트레드밀 위를 달리는 모습을 촬영했다. 제작진은 그린스크린 앞에서 찍은 이 장면을 컴퓨터로 옮긴 다음, 얼굴을 다시 한번 과장하고 뒤틀어서 사람의 특징을 줄였다. 거인 다리의 정강이를 두껍게 만들어 무게중심을 낮추었고, 어떤 거인은 발톱을 코끼리 발톱처럼 만들었다. 거인들의 의상 디자인에는 해골과 인간 치아를 꿴 허리띠와 나뭇가지와 나뭇잎을 꽂은 헤어스타일이 포함되었다.

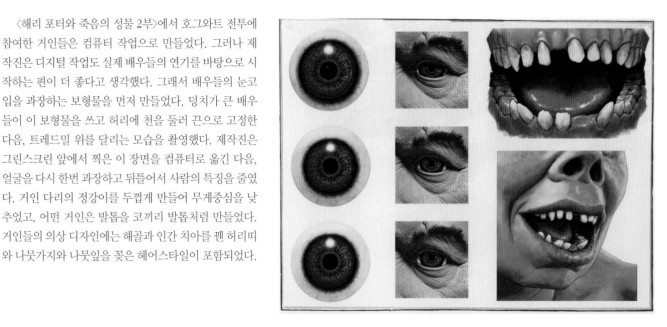

그림 1. 〈해리 포터와 죽음의 성물 2부〉에서 학생들이 전투 중인 거인들을 올려다보고 있다. 애덤 브록뱅크 아트워크.
그림 2. (위) 〈해리 포터와 불사조 기사단〉에 등장한 그롭의 눈과 입 습작들. 애덤 브록뱅크 작품.
그림 3. 거인 머리의 변화. 〈해리 포터와 죽음의 성물 2부〉를 위한 디지털 습작들.

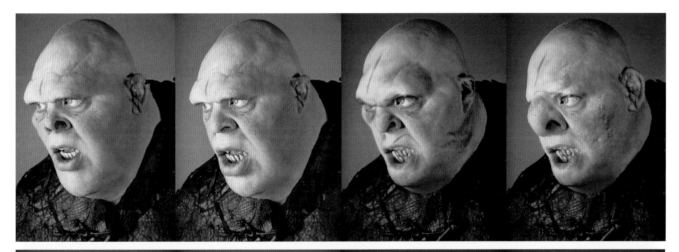

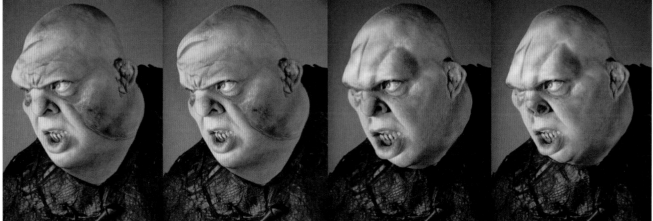

그림 3.

그롭

〈해리 포터와 불사조 기사단〉에서 거인 혼혈 해그리드는 해리 포터, 헤르미온느 그레인저, 론 위즐리에게 금지된 숲에 숨겨두었던, 아버지가 다른 동생 그롭을 소개한다. 영화에서 그롭의 키는 4.8미터다. 그롭은 완전히 컴퓨터로 만든 생명체지만, 제작진은 그롭의 머리는 실제 크기로 만들었다. 그렇게 하는 것이 피부와 머리카락을 경제적으로 자세히 탐구하는 방법이었다. CGI에서는 언제나 피부와 머리카락 표현이 어렵기 때문이다. 게다가 그롭의 머리는 〈해리 포터와 불사조 기사단〉의 금지된 숲 장면에도 쓰여서 배우들의 시선 처리에 유익했고, 촬영과 조명 설치 팀에 참고가 되었다. 블루스크린 옷을 입은 인형 조종사는 기중기를 타고 높이 4.8미터까지 올라가서 연기했다.

그롭의 두 팔도 실제로 만들어서 인형 조종사가 직접 움직였는데, 이는 팔을 얼마나 뻗으면 해당 장면을 가리는지 측정하는 데 중요했다. 그롭의 오른손은 그린스크린 앞에서 사용되었다. 그롭이 에마 왓슨(헤르미온느 그레인저)과 이멜다 스탠턴(덜로리스 엄브리지)을 들어 올리는 장면을 만들기 위해 두 사람은 모션컨트롤(컴퓨터를 이용해 카메라 움직임을 통제하여 여러 번 재촬영할 수 있도록 하는 기법—옮긴이)되는 거인의 손에 올라타서 촬영했다. 촬영 후에는 거인 손을 디지털로 바꾸고, 두 요소를 꼼꼼히 합성했다.

그림 1.

"전에 말했듯이 그는 전혀 위험하지 않아.
그냥 기운이 좀 넘칠 뿐이야."

루비우스 해그리드,
〈해리 포터와 불사조 기사단〉

"그롭! 나를 내려놔…… 당장."

헤르미온느 그레인저,
⟨해리 포터와 불사조 기사단⟩

그림 2.

간략한 사실들
그롭

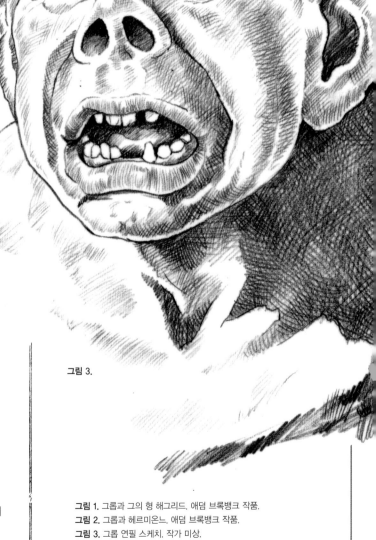

그림 3.

1. 영화 속 등장: ⟨해리 포터와 불사조 기사단⟩

2. 등장 장소: 금지된 숲

3. 기술 노트: 배우 토니 모즐리가 그롭의 대사와 동작 들을
재현하면, 그 모션캡처 장면을 작업에 참고했다.

4. ⟪해리 포터와 불사조 기사단⟫ 30장 설명:
"이제 보니 거대한 흙더미 왼쪽, 이끼로 뒤덮인
커다란 바위라고 생각했던 것이 바로 그롭의 머리였다.
인간과 비교하면 머리는 몸에 비해 훨씬 크고 거의 완벽한 원형이었으며
고사리 색깔의 짧고 빽빽한 곱슬머리로 뒤덮여 있었다."

그림 1. 그롭과 그의 형 해그리드. 애덤 브록뱅크 작품.
그림 2. 그롭과 헤르미온느. 애덤 브록뱅크 작품.
그림 3. 그롭 연필 스케치. 작가 미상.

내기니

뱀 내기니는 볼드모트 경의 반려동물이자 호크룩스다. 내기니는 〈해리 포터와 불사조 기사단〉에서 마법 정부에 나타나 아서 위즐리를 죽이려고 하지만 실패한다. 이 뱀은 〈해리 포터와 죽음의 성물 1부〉에서 무시무시한 고드릭 골짜기 장면에 다시 등장하고, 해리를 죽이려고 하지만 또다시 아슬아슬하게 실패한다. 볼드모트를 없애려면 먼저 내기니를 죽여야 한다. 〈해리 포터와 죽음의 성물 2부〉에서 네빌 롱보텀은 그리핀도르의 검을 휘둘러서 내기니를 없애는 데 성공한다.

그림 1.

그림 1. 〈해리 포터와 불의 잔〉에 등장한 볼드모트 경의 충실한 반려동물 내기니. 폴 캐틀링 작품.
그림 2. 내기니의 초기 콘셉트. 폴 캐틀링 작품.
그림 3. 〈해리 포터와 불의 잔〉에서 바티미어스 크라우치 2세(데이비드 테넌트)가 화면에 보이지 않는 볼드모트 경에게 지시받는 모습을 내기니가 의자 너머로 바라보고 있다.

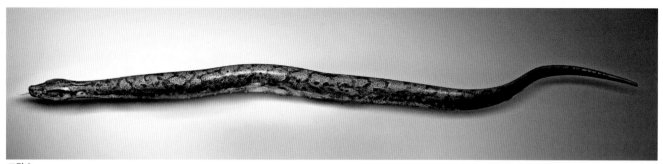

그림 2.

"뱀을 죽여. 뱀을 죽이면
그자밖에 안 남아."

해리 포터,
〈해리 포터와 죽음의 성물 2부〉

그림 3.

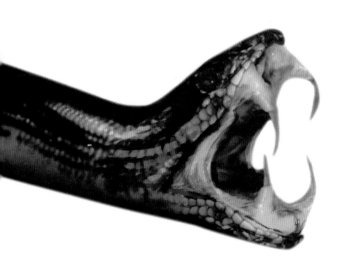

〈해리 포터와 불의 잔〉에서 해리 포터가 환각으로 보는 내기니는 비단뱀과 아나콘다 종을 섞어서 만든 것으로, 길이는 대략 6미터다. 특수 제작소는 이것을 축소 모형으로 만들어서 채색한 다음 사이버스캔했고, 같은 모형을 〈해리 포터와 불사조 기사단〉에도 사용했다. 〈해리 포터와 죽음의 성물 1부〉와 〈해리 포터와 죽음의 성물 2부〉에서는 내기니의 역할이 아주 커지기 때문에 디자이너는 내기니를 훨씬 더 무시무시한 모습으로 개조했다. 디지털 팀은 살아 있는 비단뱀을 연구하기 위해 뱀을 스케치하고 촬영했을 뿐 아니라 비늘 하나하나를 고해상 이미지로 찍었다. 이 이미지들은 무지갯빛과 뱀 껍질이 반사하는 빛이 더해진 새로운 색과 질감을 만드는 데 사용되었다. 내기니의 바탕은 여전히 비단뱀이었지만, 여기에 코브라와 살무사의 움직임이 더해졌다. 생김새에도 살무사의 특징을 더해서 이마와 눈이 더 많이 움직일 수 있게 했고, 입에서는 더 날카로운 이빨이 튀어나오도록 했다.

"내기니…… 저녁 식사다."

볼드모트 경,
〈해리 포터와 죽음의 성물 1부〉

〈해리 포터와 죽음의 성물 1부〉에서 내기니가 바틸다 백숏의 몸 밖으로 튀어나와 해리를 공격하는 장면을 만들기 위해서, 제작진은 바틸다(헤이즐 더글러스)와 해리(대니얼 래드클리프)의 디지털 버전과 실사 촬영분을 결합하는 방식을 사용했다. 내기니가 바틸다의 머리에서 나오는 장면을 CGI로 만든 다음, 이것을 헤이즐 더글러스의 실사 촬영 장면과 합성했다. 해리와 내기니의 전투 장면은 대니얼 래드클리프의 3D 디지털 모형과 래드클리프가 스태프들과 '싸우는'(스태프들은 그린스크린 장갑을 끼고 대니얼을 잡아당겼다) 실사 촬영 장면을 합성한 것이다. 그런 다음 스태프를 디지털로 지우고, 마지막 장면에 뱀을 추가했다.

그림 1.

그림 2.

그림 1. 〈해리 포터와 불의 잔〉에서 내기니는 태아 상태의 볼드모트 경에게 젖을 먹였다. 폴 캐틀링 콘셉트 아트.
그림 2. 〈해리 포터와 죽음의 성물 1부〉에서 바틸다 백숏의 입에서 튀어나오는 내기니. 폴 캐틀링 아트워크.
그림 3. 〈해리 포터와 불의 잔〉의 마지막 묘지 장면에 등장하는 내기니의 디지털 템플릿.
그림 4. 영화 장면으로 완성된 콘셉트.
그림 5. 〈해리 포터와 죽음의 성물 1부〉의 내기니의 놀라운 등장. 폴 캐틀링의 또 다른 관점.

내기니

1. 영화 속 첫 등장: 〈해리 포터와 불의 잔〉

2. 재등장:
〈해리 포터와 혼혈 왕자〉,
〈해리 포터와 죽음의 성물 1부〉, 〈해리 포터와 죽음의 성물 2부〉

3. 주인: 볼드모트 경

4. 《해리 포터와 죽음의 성물》 1장 설명:
"거대한 뱀이 (……) 볼드모트의 양어깨에 몸을 걸쳤다.
뱀의 몸통은 성인 남자의 허벅지만큼 굵었고
동공이 세로로 쭉 찢어진 두 눈은 깜빡거리지도 않았다."

그림 3.

그림 4.

그림 5.

콘월 픽시

콘월 픽시는 '어둠'의 생명체는 아니지만 확실히 장난을 좋아하고 못된 행동을 일삼는, 날아다니는 생명체다. 비교적 무해하지만 잘 감시하지 않으면 피해를 입을 수 있다. 이들은 록하트 교수의 어둠의 마법 방어법 첫 번째 수업 시간에 교실을 난장판으로 만들어 놓는다. 콘월 픽시는 〈해리 포터와 죽음의 성물 2부〉에서 필요의 방에 두 번째로 등장한다.

해리 포터 책은 콘월 픽시를 파란색으로 묘사했고, 제작진은 이 설명을 충실히 따랐다. 역사적으로 콘월 지방은 콘월 블루 수탉, 콘월 블루 도자기, 그리고 여러 상을 받은 콘월 블루 치즈로 유명하다. 그러나 〈해리 포터와 비밀의 방〉에는 또 다른 기원을 지닌 생명체인 픽시가 등장한다. 이 픽시는 역사적으로 픽트족의 잔재라는 신화에서 탄생했다. 픽트족은 켈트족이 지배하던 시대에 콘월 지방에 살았고 피부를 파란색으로 칠했다고 전해진다.

그림 1.

그림 2.

그림 1, 3, 4. 〈해리 포터와 비밀의 방〉에 등장한 시끄럽고 제멋대로인 콘월 픽시. 롭 블리스 콘셉트 아트.
그림 2. 〈해리 포터와 비밀의 방〉에 등장한 날아다니는 콘월 픽시 콘셉트 아트.
그림 5, 6. 난장판이 된 길더로이 록하트 교수의 어둠의 마법 방어법 수업에서 우리 밖으로 뛰쳐나온 픽시들과 우리 안에 있는 픽시들.

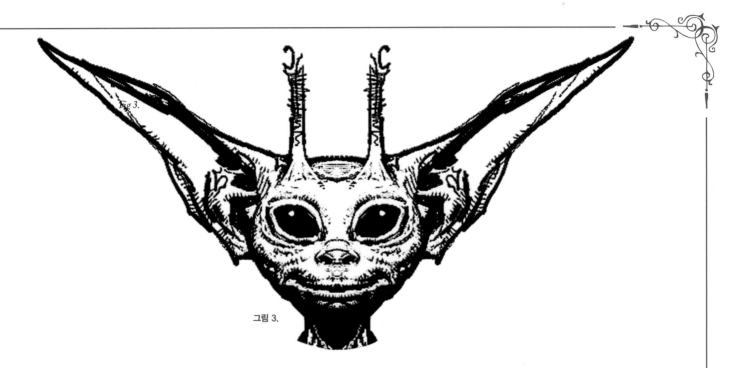

그림 3.

그림 4.

영화 제작진은 콘월 픽시의 축소 모형을 만들어 그 모형에 강렬한 파란색을 칠했고, 디지털 작업 팀은 이것을 사이버스캔해서 애니메이션 작업을 했다. 그리고 미리 촬영해 둔 교실 장면의 뒤쪽, 앞쪽, 중간의 서로 다른 높이에 스물 남짓한 픽시들을 입체적으로 흩어놓았다. 배우 매슈 루이스(네빌 롱보텀)는 교실 장면을 촬영할 때 귀가 앞으로 밀리도록 귀 뒤에 클립을 끼워두었다. 두 픽시가 그의 양 귀를 잡아서 공중에 대롱대롱 매다는 장면을 효과적으로 만들기 위해서였다.

그림 5.

그림 6.

그림 1.

간략한 사실들

콘월 픽시

✶

1. 영화 속 첫 등장: 〈해리 포터와 비밀의 방〉

2. 재등장: 〈해리 포터와 죽음의 성물 2부〉

3. 등장 장소:
어둠의 마법 방어법 교실, 필요의 방

4. 기술 노트:
책들이 서가에서 뽑혀 나오는 장면과 학생들 머리카락이
일어서는 장면은 전통적인 와이어 기법을 썼다.

5. 《해리 포터와 비밀의 방》 6장 설명:
"픽시들은 형광에 가까운 파란색을 띠고 있었고,
약 20센티미터의 키에 얼굴은 뾰족했으며……"

그림 1~4. 〈해리 포터와 비밀의 방〉에서 잔뜩 모인 콘월 픽시들. 롭 블리스 묘사.

그림 2.

그림 3.

"웃고 싶으면 웃어요, 피니건 군,
하지만 픽시들은 굉장히
흉악한 악마가 될 수도 있어요."

길더로이 록하트,
〈해리 포터와 비밀의 방〉

그림 4.

땅요정

<해리 포터와 비밀의 방>의 초창기 대본에는 위즐리 쌍둥이 형제와 포드 앵글리아를 타고 날아다닌 벌로 론이 버로 뒷마당에서 땅요정을 잡아 없애는 장면이 있었다. 땅요정의 콘셉트 아트가 만들어졌지만, 최종 대본에서는 이 장면이 삭제되었다. 그러나 <해리 포터와 혼혈 왕자> 때 소품실은 금색 피부에 발레복을 입은 땅요정 인형을 만들어서 위즐리 가족의 크리스마스트리 꼭대기에 얹었다.

　<해리 포터와 죽음의 성물 1부>에서 루나 러브굿은 빌 위즐리와 플뢰르 들라쿠르의 결혼식에 왔을 때 해리에게 결혼식 천막 근처에서 땅요정에게 물렸다고 말한다.

땅요정은 <해리 포터와 비밀의 방> 한 장면을 위해 그려졌지만, 스크린용으로 만들어지지는 않았다.
그림 1, 3. 폴 캐틀링 비주얼 개발 아트워크.
그림 2. 애덤 브룩뱅크 비주얼 개발 아트워크.

그림 2.

그림 1.

그림 3.

그림 1.

그림 2.

그림 3.

그림 4.

"조금 전에 정원에서
땅요정에게 물렸어."

루나 러브굿,
〈해리 포터와 죽음의 성물 1부〉

그림 5.

그림 1~8. 정원의 땅요정들은 〈해리 포터와 비밀의 방〉의
버로 장면을 위해 만들어졌다. 여러 땅요정들의 머리에는
풀이 자라고 있다. 폴 캐틀링 아트워크.

그림 6.

그림 7.

그림 8.

Published by arrangement with Insight Editions, LP, 800 A street, San Rafael, CA 94901, USA,
www.insighteditions.com

이 책의 한국어판은 오렌지에이전시를 통해 저작권사와 독점 계약한 (주)문학수첩에서 2021년 출간되었습니다.
저작권법에 의해 보호를 받는 저작물이므로 무단 전재와 무단 복제를 금합니다.

해리 포터 필름 볼트 Vol. 9
: 고블린, 집요정, 어둠의 생명체

초판 1쇄 인쇄 2021년 10월 20일
초판 1쇄 발행 2021년 12월 29일

지은이 | 조디 리벤슨
옮긴이 | 고정아, 강동혁
발행인 | 강봉자, 김은경

펴낸곳 | (주)문학수첩
주소 | 경기도 파주시 회동길 503-1(문발동 633-4) 출판문화단지
전화 | 031-955-9088(마케팅부), 9532(편집부)
팩스 | 031-955-9066
등록 | 1991년 11월 27일 제16-482호

홈페이지 | www.moonhak.co.kr
블로그 | blog.naver.com/moonhak91
이메일 | moonhak@moonhak.co.kr

ISBN 978-89-8392-878-8 04840
      978-89-8392-869-6(세트)

* 고유명사 등의 용어는 《해리 포터》 20주년 새 번역본을 따랐습니다.
* 파본은 구매처에서 바꾸어 드립니다.